Juan Valera

Elisa la malagueña

Barcelona **2024**
Linkgua-ediciones.com

Créditos

Título original: Elisa la malagueña.

© 2024, Red ediciones S.L.

e-mail: info@linkgua.com

Diseño de cubierta: Michel Mallard.

ISBN rústica: 978-84-9816-327-8.
ISBN ebook: 978-84-9897-951-0.

Sumario

Brevísima presentación

La vida

Juan Valera (18 de octubre de 1824, Cabra). España.

Era hijo de José Valera y Viaña, oficial de la Marina, y de Dolores Alcalá-Galiano y Pareja, marquesa de la Paniega. Tuvo dos hermanas, Sofía y Ramona y un hermanastro: José Freuller y Alcalá-Galiano.

Su padre vivió de joven en Calcuta y adoptó posiciones liberales. Por ello fue removido de su puesto. Tras la muerte de Fernando VII en 1834, el nuevo gobierno liberal fue rehabilitado y se le nombró comandante de armas de Cabra y después gobernador de Córdoba.

La madre se opuso a que Juan Valera siguiera la carrera militar. Este estudió Lengua y Filosofía en el seminario de Málaga entre 1837 y 1840 y en el colegio Sacromonte de Granada, en 1841. Luego estudió Filosofía y Derecho en la Universidad de Granada, donde se graduó en 1846.

En 1844 publicó primer libro de poemas. Leyó mucha poesía, y en particular a José de Espronceda, y a los clásicos latinos: Catulo, Propercio y Horacio. Hacia 1847 empezó a ejercer la carrera diplomática en Nápoles junto al embajador Ángel de Saavedra, duque de Rivas. Vuelto a Madrid, frecuentó las tertulias y los círculos diplomáticos a fin de conseguir un puesto como funcionario del Estado.

Así viajó por Europa y América. En Lisboa empezó su amor por la cultura portuguesa y el iberismo político. De regreso a España, empezó a escribir y publicar ensayos en 1853 en la *Revista Española de Ambos Mundos*; en 1854 fracasó en un intento de ser diputado, y por entonces estuvo en los consulados de España en Frankfurt y Dresde con el cargo de secretario de embajada.

Hacia 1857 se fue seis meses con el duque de Osuna a San Petersburgo; polemizó con Emilio Castelar en *La Discusión*, y escribió su ensayo *De la doctrina del progreso con relación a la doctrina cristiana*. Asimismo, tras ser elegido diputado por Archidona en 1858, escribió en numerosas revistas como redactor, colaborador o director.

El 5 de diciembre de 1867 se casó en París con Dolores Delavat, veinte años más joven y natural de Río de Janeiro, y tuvo tres hijos: Carlos Valera, Luis Valera y Carmen Valera, nacidos en 1869, 1870 y 1872.

Durante la Revolución española de 1868 fue un cronista de los hechos y escribió los artículos «De la revolución y la libertad religiosa» y «Sobre el concepto que hoy se forma de España».

Juan Valera fue elegido senador por Córdoba en 1872 y en ese mismo año fue director general de Instrucción pública; en 1874 publicó su obra más célebre, *Pepita Jiménez* y, en esa época, conoció a Marcelino Menéndez Pelayo, con quien hizo gran amistad.

En 1895 perdió casi por completo la vista, se jubiló y volvió a Madrid; allí publicó *Juanita la Larga* (1895), y *Morsamor* (1899); frecuentó diversas tertulias y tuvo una en su propia casa.

Valera fue elegido miembro de la Academia de Ciencias Morales y Políticas en 1904. Murió en Madrid el 18 de abril de 1905 y fue enterrado en la sacramental de San Justo.

Sus restos fueron exhumados en 1975 y llevados al cementerio de Cabra.

Preámbulo

Es tal la multitud de manuscritos hallados en Egipto, llevados a Viena y adquiridos por el archiduque Raniero, que será menester la constante actividad de muchos sabios, quizá durante un siglo, para trasladar a los idiomas de la moderna Europa lo que en dichos manuscritos se contiene, y, si lo merece, darlo a la estampa.

Nada abunda más en la colección que lo redactado en lengua griega, desde los tiempos de Alejandro el Magno, hasta la conquista por los muslimes del antiguo reino de los Faraones.

De algo de esto se ha dado ya noticia o se han hecho traducciones o extractos, pero aún queda muchísimo por descifrar.

Un doctor amigo mío, hábil paleógrafo y eruditísimo helenista, cuyo nombre se guarda para mayores cosas, ha leído, entre estos manuscritos, parte de la biografía de cierta moza, llamada Elisa la Malagueña, y me la ha referido punto por punto.

Confieso que al principio extrañé bastante y tuve por disparatada facecia que una paisana mía, de quien no sabemos que hablen las historias profanas, ni menos las sagradas, hubiera escrito como Plutarco, o más bien de sí misma, como Sila, César o Marco Aurelio, yendo a parar y conservándose su escritura cerca de Alejandría; pero mi sabio amigo me demostró pronto que no hay nada de que debamos maravillarnos.

Durante largo tiempo hubo colonias griegas en el litoral de nuestra península, y en varias comarcas de ellas dominaron luego los bizantinos. Natural es, pues, que no se tenga por exótica, sino por muy visitada entonces entre nosotros el habla de Homero.

En la antigüedad grecorromana la afición a escribir Memorias había cundido tanto como cunde en Francia desde hace dos o tres siglos. Apenas había persona que hubiese o creyese haber hecho algo notable, o que hubiese conocido a quien lo hiciera, que no se considerase obligada a escribir, exhibiéndose para que la posteridad se instruyese o se deleitase.

Por fortuna, como entonces no había imprenta, casi todas estas Memorias se han perdido, librándonos de no pocos quebraderos de cabeza y de gastar tiempo en su lectura y estudio.

A mí, sin embargo, me parecen tan curiosas y entretenidas las Memorias de mi paisana, al principio escritas por ella y completadas luego por otros autores, que no las trocaría, por ejemplo, con las de Aspasia, la amada de Pericles, o con las de Taïs, la que incendió a Persépolis, si se descubriesen o se conservasen; y como no quiero que sigan en la oscuridad, exponiéndolas a que por cualquier accidente se extravíen, se quemen o se apolillen, sin que nos quede reliquia de ellas, voy a ponerlas todas aquí, aunque no sea con fidelidad muy escrupulosa. Las traslado a este papel, no del original griego, consignado en los papiros, sino de la traducción oída; pero procuro hacerlo con el tino, brevedad y gracia que en el original resplandecen y que acreditan a Elisa la Malagueña y a los que después continuaron y completaron su obra, de excelentes prosistas clásicos, si bien en época ya de gran decadencia: a mediados del tercer siglo de nuestra Era vulgar.

Creo de mi deber advertir, por más que para alguien sea superflua la advertencia, que no respondo de todo lo que diga la autora, a cuyas faltas, o religiosas o morales, pondrá el cristiano lector el saludable y necesario correctivo.

Elisa la Malagueña no solo era gentil, o digamos idólatra, sino hembra algo liviana y alegre, como a su oficio convenía, pues era del género y condición de las muchachas de Cádiz, que ya celebra Anacreonte, y de la Teletusa de Bética, que Marcial encomia. Elisa cantaba, bailaba y repiqueteaba las castañuelas tan bien como ellas antes, y mejor que en nuestra edad Lola Montes, Pepita Oliva, Petra Cámara, y la flamante señorita Otero, por quienes tal vez no en balde se dijo que de atrás le viene el pico al garbanzo.

Los sujetos graves pueden hallar digno de censura que yo, en avanzada edad, me emplee en asuntos tan resbaladizos, pero en mi defensa, alegaré tres razones: la primera está tomada del amable filósofo señor de Montaigne, que cree que los viejos, a fin de desopilar el bazo y desechar melancolías, podemos tratar cosas de regocijo, burlas y deleite; es la segunda de Lucrecio, quien encontraba siempre, en el fondo y en las heces y lejos de todos los placeres, cierta provechosa amargura, y la tercera, por último, es del piadoso poeta Torcuato Tasso, quien, considerando remedio eficaz para las dolencias e impurezas del alma, quiere que nos la propinemos y bebamos, engañados y seducidos por lo dulce con que a este fin suele untarse para los niños el borde del vaso, lo cual, en la ocasión presente, será no poco de cuanto Elisa refiera.

Elisa, además, no trata solo de verdes y florecientes amoríos, sino que a menudo se quiebra de puro sutil, diserta sobre alambicadas filosofías y penetra en tamañas honduras, que no me parecen propias de las mujeres de su clase, por muy ilustradas y sabidillas que fuesen en Grecia, por donde me inclino a sospechar que el escrito es apócrifo, o que no es obra de la moza de Málaga, sino de algún sofista por el estilo del famoso Alcifrón, sobre la cual sospecha juzgará el que leyere.

Y creyendo yo que basta de proemio le terminaré haciendo notar que Elisa o la persona que toma su nombre no se dirige al público en sus Confesiones o Memorias, como modernamente Juan Jacobo Rousseau, demostrando así que era más púdica y vergonzosa que el elocuente ginebrino, sino que se dirige a un gracioso bailarín, cantor y comediante, que fue íntimo amigo suyo, y que se llamaba Dióscoro de Samos.

Las Memorias, si he de hablar con toda sinceridad, como es mi deber, más que traducidas, parafraseadas y comentadas por mí, dicen como siguen.

I. Confidencias de Elisa

Firme amistad y eterno agradecimiento me unen a ti con lazo indisoluble, mi querido Dióscoro. Nuestros cuerpos podrán separarse, pero mi alma siempre estará contigo, venerando, si no la presencia, el recuerdo de tu persona.

Ha tiempo que agitan todo mi ser singulares imaginaciones y sentimientos extraños. Me falta valer para hablarte de esto. No acertaría yo tampoco a explicártelo improvisadamente y de voz viva. Me decido, pues, a escribir lo que en mí noto; a dar razón de mi vida en escrita confesión misteriosa. Procuraré retratarme con fidelidad, aunque yo sola, por ahora, contemple el retrato. Acaso tú le veas más tarde y me reconozcas y comprendas cómo yo soy, el destino, valiéndose de medios imprevistos, me lleva un día lejos de ti. Entonces te dejaré escrito para que sea rastro indeleble de nuestra convivencia.

En balde me afano por descorrer o por rasgar el velo que encubre los primeros años de mi niñez. Ignoro quiénes fueron mis padres. No sé dónde nací, aunque presumo que en Málaga. Solo se presenta a mi memoria de un modo confuso la figura del histrión y titiritero ambulante que me enseñó a bailar en la maroma, a cantar canciones populares y a recitar versos en calles, plazas y mercados.

Por más hondamente que retraigo yo a mi pensamiento la vida pasada, no columbro la hora ni el instante en que se abrieron mis ojos y hube de iniciarme en los misterios de Afrodita, perdida la santa ignorancia que dicen que tienen las niñas educadas con recato y vigiladas por madres celosas y por fieles esclavas.

Solo mi amo, el titiritero, miraba por mí, pero materialmente. Era como hortelano o como viñador sin delicadeza, a quien poco importa que se ajen algunas flores con tal de que nadie coja el fruto antes de sazón, y a quien, si no se vendimia en agraz la viña, no desagrada que se arranquen pámpanos para que el Sol toque el racimo y le dore y endulce.

El titiritero, en suma, cuidaba someramente de mí; mas no de la íntegra limpieza de mi alma. Mi alma, no obstante, allá en su centro, permanecía cándida y limpia. Era como tela de amianto impregnada en pez y arrojada a las llamas. La pez arde y se consume, y queda limpia la tela.

• • •

Trece o catorce años debía tener yo cuando tú me conociste. Hubo en Málaga solemnes fiestas para celebrar el advenimiento al trono de Alejandro Severo.

Tú apareciste allí con tu hermosa hermana Zoe. Lograste que te dieran el teatro público para algunas representaciones, y como tu hermana y tú estabais solos, te ajustaste con mi amo, a quien llamaban el maestro Isidoro, a fin de que él y su gente completasen la compañía. En ella, fuera de vosotros dos, nadie había con más habilidades que yo, ni que llamase más la atención del público, ni que fuese más aplaudida.

Tenía yo una inconsciente desenvoltura y una candorosa falta de pudor que entusiasmaba a las gentes y que deleitaban y alborotaban sobre todo a los viejos.

No podía decirse que yo fuese mujer aún, pero mis movimientos, mis gestos, mis sonrisas y mi modo de mirar, cuando yo bailaba o cantaba, prometían tanto que era maravilla. Linda es la rosa abierta que muestra el áureo seno en medio de sus abundantes pétalos rojos y suaves y que exhala delicado aroma; pero el capullo gusta y excita más por el misterio, sobre todo cuando el misterio está próximo a revelarse, y ya, por entre lo verde, empieza a aparecer el carmín de las enrolladas hojas, las cuales prometen romper pronto la cárcel que las encierra y desplegarse embalsamando el ambiente y entregándose a los lascivos besos de las auras.

Tú, que eres gran conocedor, notaste al punto lo que yo valía y el provecho que podías sacar de mí.

El maestro Isidoro estaba, como siempre, muy falto de dinero, y, siendo yo suya y a modo de su esclava, pues me había criado y educado, tú te concertaste con él, y, pagándolo bien, conseguiste que te entregase mi persona.

Deseabas tú tenerme contigo; pero más lo deseaba tu hermana Zoe, quien desde el principio y con mayor vehemencia, sintió por mí extraordinaria simpatía.

He dicho que el maestro Isidoro me había educado porque no se me ha ocurrido expresarlo de otra suerte; pero la verdad es que la educación que me había dado, si prescindimos del canto, casi natural y sin estudio, de la danza y de mis habilidades de acróbata, era educación harto incompleta. Yo lo ignoraba todo. Solo sabía picardías groseras, extrañamente combinadas con mi candidez de niña. No acertaba a discernir lo perverso y vicioso de lo decente y honesto. De los hombres, de la sociedad y de todo el gran espectáculo del mundo, me forjaba yo las más fantásticas ideas. Sobre mí misma apenas había reflexionado ni me había examinado. Aunque vaga y confusamente, presentía yo que iba a ser muy bonita, y que pronto, muy pronto se desenvolvería en mí un pasmoso poder que sería fuente de felicidad para alguien, venero de deleites y causa para mí de nombradía y de fortuna.

Crecía yo, sin embargo, con espontánea falta de dirección, a modo de planta sin cultivo. Ni siquiera en lo corporal había yo concebido un extremo de elegancia, de distinción y de gracia, a que aspirase realizándole en mi persona. Estaba cerca el momento en que iba todo a florecer, y yo no comprendía por qué arte había de solicitar y de hacer más rico el florecimiento, prestándole valor y atractivos que no da por sí sola la ciega naturaleza, sin esmero, sin cultivo y sin guía.

De gran provecho me fueron entonces la tutela y los sabios consejos de tu hermana Zoe, quien, como he dicho, me quiso desde luego muchísimo y a quien nunca sabré cómo pagar las sabias lecciones que acertó a darme.

Aunque parezca inmodestia, no he de ocultar yo que ella encontró en mí la más atenta, hábil y aprovechada discípula. Cada leve indicación suya, era luminosa revelación para mí. Comprendí lo que yo podía ser y puse y empleé toda la energía de mi voluntad para que ninguna esperanza se desvaneciese y para que mi natural generoso, estimulado e impulsado por mi deseo y dirigido por mi entendimiento, viniese a manifestarse en toda la plenitud de la hermosura y en toda la fresca lozanía de la juventud cuando brota como en la primavera, se rompen las yemas, se dilatan los renuevos y se engalana el árbol de verde pompa y de preciosas flores.

Cuatro años duró esta educación mía, de que tu hermana fue maestra; esta transformación mía de niña en mujer hermosa, a la que tanto contribuyó tu hermana con sus consejos, con su estímulo y con su ilustrada experiencia.

Durante todo aquel tiempo me mirabas tú con afecto, pero con afecto en cierto modo frío, casi técnico, como mira el artista la obra que va saliendo bien de entre sus manos, y, halagada su vanidad, se complace en dicha obra, sin otro anhelo que el de verla terminada y sin defecto alguno.

Zoe y tú cultivasteis también mi espíritu, sumido hasta entonces en la barbarie. Me hicisteis comprender y admirar el orden, la hermosura y la magnificencia de las cosas todas, que son visibles, y me impulsasteis a fantasear algo de lo invisible y de lo sobrenatural, que sin duda lo ordena, lo concierta y lo penetra todo, animándolo y dándole vida.

Inútil es recordarte que, a los pocos días de haber hecho tú el trato con el maestro Isidoro, por cuya virtud te quedaste conmigo, salimos de Málaga y recorrimos muchas ciudades de España, Italia y Grecia.

En todas éramos bien recibidos y aplaudidos y ganábamos mucho dinero. Tú me enseñaste a recitar bien los versos. Casi llegué a recitarlos mejor que Zoe. Ella al menos así lo declaraba, mostrándose, por su extremado cariño hacia mí, complacida y no celosa.

En Alejandría había llegado yo, según asegurabas tú, a la perfección del arte de la comedianta, y ya hice contigo o represénté escenas, casi siempre amorosas, en que ambos fuimos muy aplaudidos.

A decir verdad, toda esta educación artística y poética me había revelado no poco y había hecho surgir del fondo de mi alma alambicados sentimientos que el vulgo desconoce; pero tú seguías mirándome como obra tuya y de tu hermana, y no como mujer capaz de inspirar amor y que te le inspirase, y sobre lo que era verdadero amor seguía yo a ciegas.

Mi amistad estrechísima con tu hermana, apenas podía darme de esto un vago, confuso y remotísimo presentimiento, como pudiera la luz de la Luna o el resplandor de una estrella hacer concebir a quien nunca le hubiese visto el refulgente brillo del Sol del mediodía. Y los impuros recuerdos de mi descuidada y viciosa niñez, comparados con el radiante fulgor del amor verdadero, eran como la luz de una tea, oscurecida por el humo, si se compara a los rayos vencedores del Sol, que disipan las nubes y doran y serenan la amplitud azulada del aire y dan transparente claridad al éter.

Cuando tú por vez primera me dejaste conocer que me amabas, mi primer sentimiento fue muy hondo y hasta entonces desconocido. Sentí que yo también quería y debía amarte, pero que algo me faltaba. Quería ser toda tuya; verter sobre ti mi alma como esencia olorosa, guardada cuidadosamente en un pomo sellado, a fin de que el aroma exquisito y volátil no se disipe. Nadie había hasta entonces abierto el pomo, ni vertido una sola gota del elixir precioso, pero yo recelaba que algo de su aroma, por falta de cuidado, había ido disipándose, y que ya no podía yo dártele a ti en toda su fuerza y reconcentrada virtud. Esto me afligía y me desconsolaba, y entonces, casi antes del amor, despertó en mí el pudor, aletargado o hasta aquel punto dormido.

Contradicción pasmosa; la admiración, el culto de mi propia hermosura corporal, de que yo me envanecía y en que yo me deleitaba, me hacían considerar que algo iba yo a perder al entregarme a ti, y al par que me dolía este sacrificio, por lo mismo que le consideraba costoso y grande, me complacía en poder hacértele, como la mayor prueba de amor que podía darte, como algo con que rescataba yo mi falta y compensaba o suplía la mengua de lo pasado en mi descuidada edad primera.

Hacía ya tiempo que me mostraba yo huraña y esquiva con los hombres de cierta importancia y con los personajes que venían a vernos y que me requebraban y pretendían. Alguna vez nos llevaban a los tres a su casa, a tu hermana, a ti y a mí, a fin de que representásemos, cantásemos y bailásemos, alegrando los banquetes que daban.

Ciertamente no era mi castidad ni ninguna otra virtud la que de todos mis pretendientes hasta entonces me había defendido. Lo que me había defendido era la admiración de mi propia belleza y el temor de deslustrarla. Consideraba yo, en mi orgullo, tan portentoso aquel tesoro, que no había riqueza en el mundo que le pudiera pagar.

Solo podía pagarle otro tesoro inmenso de amor que naciese en el alma de un ser a quien juzgase yo digno de mí.

• • •

La rica variedad de las cosas visibles, el orden con que se encadenan y enlazan unas a otras, y la vida, unas veces latente y otras veces manifiesta, que circula por el seno íntimo de los seres todos, habían llamado mucho mi atención desde pequeña. Yo me inclinaba a creer que había seres vivos e inteligentes, de condición superior a la nuestra y de tan sutil y etérea sustancia formados, que se escapaban a la investigación de nuestros sentidos, a no ser que por ingénita delicadeza y perspicacia de ellos, ya constante, ya producida en un momento dado por causas que no acertaba yo a explicarme, llegásemos a percibirlos.

No cabe duda que entre lo que llamamos natural y lo que llamamos sobrenatural no hay límite fijo. Algo debía yo gratuita y espontáneamente a la naturaleza; pero mucho más debía a mi empeño de elevarme, al esfuerzo poderoso con que me había mejorado y hermoseado, descollando entre las otras mujeres y logrando una distinción, una finura y un primor en mí, que era como mi propia creación, como producto de mi espíritu y del arte que mi espíritu ejercía. Ahora bien, ¿no podía ser que este perfeccionamiento que yo me había dado, no solo me apartase de mis semejantes, esto es, de los hombres y de las mujeres, sino que me hiciese digna de llamar la atención y de atraer las miradas de los genios, de las deidades o como quieran llamarse otras criaturas vivas e inteligentes más perfectas que nosotros y que por lo común no nos miran y nos desdeñan? ¿No podía ser también que, al afinar yo y depurar la materia y la forma de mi cuerpo, hubiese logrado igualmente afinar mis sentidos, ponerlos más penetrantes y hacerlos aptos y capaces de ver otras formas más etéreas y vagas, y de oír, acallando en torno mío el grosero concierto de cuanto agita al ambiente y hiere luego el oído, músicas, acentos y palabras de más delicada condición, que estremecen y hacen ondular un fluido más raro que el aire? ¿No podía ser que, gracias a esta lucidez conquistada por mí, pudiese yo ver y oír lo que no ven ni oyen los hombres y las mujeres vulgares?

Así cavilaba yo poco tiempo ha; pero, aunque hace poco tiempo, no acierto a recordar si mis cavilaciones fueron antes o fueron después de la singularísima percepción experimentada por mí desde hace bastantes días, con tal vaguedad al principio que, después de pasada, dudaba de que hubiese sido real, de que no hubiese yo soñado despierta, y que poco después se ha ido aclarando y fijando por tal extremo, que no dudo ya que hay fuera de mí un ser real que la produce y por el cual a menudo estoy obsesa. Yo veo a este ser; su imagen ha quedado en mi memoria pintada con líneas y colores; y su voz, que ha penetrado en mi oído, sin que tal vez sonase como suena para el vulgo todo lo sonoro, tenía una dulce melodía y una cadencia que no puedo olvidar. Eran palabras, no atinaré a decir de qué lengua, pero yo creía entender su significado, si bien no de un modo concreto como se entienden las cláusulas y frases del que nos habla o escribe, sino de un modo confuso, que sugiere más de lo que expresa, como inspirada música.

La vista y el oído son los sentidos que me dan testimonio de este ser. El tacto le niega; yo he querido asirle, detenerle, tocarle; pero mis manos han pasado a través de su cuerpo como si fuera una niebla luminosa, y lo único que he conseguido es que, deshecho el encanto, haya dejado yo de ver y oír a quien lo causaba. Sin embargo, yo le tengo tan presente y fijo en la memoria, que te le podría describir con exactitud si me acudiesen las palabras que para ello necesito.

Es un varón alto y majestuoso, en lo mejor de su edad, cabellos y barba negros artísticamente rizados; sus grandes y rasgados ojos están llenos de fuego, su vestidura talar es blanca y flotante; sobre la cabeza lleva una corona de peregrina hechura, y en la diestra una vara, al parecer de oro, como si fuera signo de mando o vara de virtudes.

Mucho me lisonjea que este personaje, que se me aparece con frecuencia cuando estoy completamente sola, que penetra en mi estancia aunque mi estancia esté cerrada con siete llaves, como si se filtrara por el muro más espeso o se introdujese por la cerradura o por más sutiles resquicios, se complazca en mirarme y me mire con admiración y con afecto. Conozco, además, que él quiere que yo le vea, le contemple bien y le halle hermoso y amable. Confieso que lo que no han conseguido poderosos señores, príncipes, generales, procónsules, elegantes patricios y acaudalados publicanos, acaso lo consiga el singular personaje que te describo.

Hasta ahora nada te he querido revelar. Nada quiero que sepas. ¿Para qué he de infundirte celos de un personaje intangible, de algo más leve y vaporoso hasta ahora que las áureas matutinas? Pero, en fin, si este personaje adquiriese consistencia, si mi deseo hiciese el milagro de consolidarle, no sé lo que sería de mí. Recelo que por él te olvidaría, que por seguirle te dejaría. Es, con todo, lo que me lleva hacia él algo muy distinto del amor que te tengo. Es una mezcla prodigiosa de asombro y de satisfacción de amor propio, al considerarme perseguida, y aunque de un modo inefable y algo incierto, requerida de amores por un ser superior a nuestra humana naturaleza; todo lo cual me llena de terror religioso y doblega y somete mi voluntad a su mandato. Si él mandase y yo atinase a entender su voz de mando, no cabe duda que yo le obedeciera. Él me atraería a sí, fascinándome como la sierpe fascina al pajarillo.

¿Será él un genio, un dios o algo parecido en la forma a lo humano, aunque forjado de más leve sustancia, que solo a fuerza de sobreexcitación de mis sentidos he podido ver y que no podré tocar nunca?

Hasta ahora nunca se me ha aparecido tu rival cuando tú estás conmigo; pero su imagen, viva y clara en mi memoria, no me deja un solo instante y viene a interponerse entre tú y yo, y creo que tiene fuerzas para arrancarme de tus brazos y para moverme, en un principio, a recibir con tibieza tus caricias en el día, y a rechazarlas si tuviera valor para ello y si la piedad y el afecto hacia ti no me lo estorbaran, temerosa de tu pesar y de tu enojo.

II

La desaparición de Elisa fue un golpe terrible para Dióscoro. Zoe, que también amaba mucho a Elisa, sintió con no menor vehemencia su desaparición; pero ni Zoe ni Dióscoro, a pesar de todas las investigaciones y pesquisas que hicieron, llegaron a comprender nunca de qué suerte y cuándo Elisa había desaparecido. Ambos se ponían a recordar lo que inmediatamente había pasado y reconocían que ni ellos ni nadie había notado que Elisa hubiese tenido rondador, pretendiente ni galán que tratase de enamorarla, seducirla y robarla.

Encerrado en una cajita, halló Dióscoro un rollo de papiros que contenía lo que acabamos de leer; pero la confesión de Elisa, en vez de aclarar el asunto, le hacía más tenebroso e inexplicable. Si el personaje que ella decía que la perseguía y la visitaba era creación de su mente, mal podía robarla separándola de su protector y amante y de su amiga. Y a Zoe y a Dióscoro, en aquella época de relativa incredulidad, en que las antiguas religiones habían perdido la virtud de infundir fe, se hacía muy dificultoso de creer que una divinidad o un genio se hubiese prendado de Elisa y se la hubiese llevado a algún cristalino alcázar en el fondo de los mares o a una rica mansión subterránea o a un castillo aéreo edificado sobre las nubes.

Lo que Dióscoro pensaba y creía con más insistencia, atormentándole mucho los celos cuando lo pensaba y lo creía, era que algún mortal, por medio de artes que él ignoraba, hubiese logrado enamorar a Elisa, fascinarla, robarla y llevársela, sin que se comprendiese a qué lugar extremo o a qué misterioso recinto.

Hasta en sus intereses habían perdido mucho los dos hermanos perdiendo a Elisa, que era la que alcanzaba más favor con el público, la que recibía mayores aplausos y la que atraía más gente cuando daban alguna representación.

Casi nunca viene sola una desgracia. Todo mal éxito trae o provoca otros sucesos o lances peores. Y así sucedió en la ocasión de que hablamos.

Zoe había sentido al parecer, tanto o más que Dióscoro, la desaparición de Elisa. Al menos la deploraba y lamentaba con más expansivas demostraciones. Sin embargo, Zoe se esforzó por borrar de la memoria del público alejandrino el recuerdo de Elisa, por superarla en gracia bailando y por reemplazarla en los diálogos y pasillos que ella solía antes representar con su hermano. Zoe era también mujer muy hermosa y representaba dignamente, aunque ya bastante granada, a la zagala cándida que se deja vencer por Dafnis en el idilio de Teócrito, y mejor aún, porque Zoe estaba entonces en todo el desenvolvimiento de su hermosura, a la diosa Juno cuando sube a la cumbre del Gárgaro a seducir y a rendir a Júpiter.

No es extraño que Zoe tuviese, como tenía, muchos admiradores. Entre ellos figuraba el mismo Procónsul.

Ocurre más a menudo de lo que parece que de un suceso nazcan sugestiones que tal vez por sí solas no nacieran.

Zoe sola con su hermano estaba primero muy triste por la desaparición de Elisa, a quien amaba por varios motivos; como discípula, con gran satisfacción de amor propio, porque veía en ella su creación; la obra de su habilidad, y de su ingenio. Cuanto el arte había puesto en Elisa para realzar su natural encanto, lo consideraba Zoe como suyo. Otra de las causas de su grande amor a Elisa había sido su constante convivencia con ella, su dulce trato y su amena conversación, que durante mucho tiempo la había distraído y satisfecho de tal suerte, que Zoe no había pensado ni había sentido el deseo de tener amores con hombre alguno. La contemplación artística de la hermosura de Elisa había llenado su mente de una luz tan clara, de un resplandor difuso de hermosura tan deslumbrante, que la había como cegado, impidiéndole ver belleza en los hombres que se le acercaban y la pretendían. Zoe estaba como embebida y pendiente de la beldad de Elisa, y, satisfecha con verla y tenerla cerca de sí, no anhelaba otro goce.

Esta tierna y vehemente amistad de Zoe hacia Elisa, causaba a Zoe un contento purísimo sin mezcla de sentimiento alguno que le envenenase o le agriase.

Jamás miró a Elisa como rival, porque Elisa solo había amado a su hermano y solo de su hermano había sido. Y aunque la amistad entre mujeres si llega a la vehemencia no está libre de celos, a Zoe apenas se los daba su hermano. Se figuraba ella todo el primor y toda la gala de Elisa cual pomo de esencias de cuyo beatificante aroma solo gozaban ella y su hermano sin que trascendiese fuera de la casa de ambos.

Fugada Elisa, dos sentimientos harto enojosos atormentaban a Zoe: cierta pena de que la beldad de su amiga, que solo desde lejos había admirado el público, y de la que, en completo abandono, en perfecta intimidad, difundiéndose por el amor como se difunde el perfume por la virtud del fuego, solo había gozado su hermano, fuese ahora de un ser extraño, mortal, dios o genio. En este sentimiento, como de amante celoso, Zoe coincidía con su hermano; pero después de la fuga de Elisa otro sentimiento más propio y frecuente en el alma de la mujer, atormentaba a Zoe. El sentimiento de la rivalidad y de la emulación, hasta entonces dormido, se había despertado en ella. Zoe era también hermosa, discreta, docta e inspirada en su arte, elocuentísima para expresar las más sublimes pasiones. Sus gestos y ademanes tenían tal corrección y elegancia, que podían servir de modelo a los más hábiles artistas. Su voz argentina y melodiosa cautivaba las almas o debía cautivarlas, penetrando en ellas tan honda y eficazmente como la de Elisa. ¿Por qué, pues, Elisa y no ella había sido objeto de un rapto misterioso, tal vez llevado a cabo por un ser de especie superior a la nuestra y más noble y bella acaso que la especie humana? ¿Había sido el raptor algún poderoso príncipe venido de oculto, atraído por la fama de Elisa, allá de encantadas regiones, tal vez de las islas Afortunadas o tal vez del verdadero jardín de las Hespérides, resto de la hundida Atlántida, rodeado de un mar luminoso, donde la diosa de las ondas recibe por la noche al Sol en su tálamo? ¿Habría sido el raptor tal vez algún sabio monarca que tiene su trono y su dichosísimo reino más allá de las regiones inhospitables donde viven los Arimaspes y los Grifos, más allá de las montañas Rifeas en el fértil y ameno país de los hiperbóreos, donde nunca rugen las tempestades, donde solo soplan el céfiro y otros vientos mansos que esparcen el olor de las flores, y donde Apolo vierte con más prodigalidad sus dones en las mentes humanas, y donde se tiene y se alcanza mejor el sentimiento de la hermosura? ¿Por qué el rey de este país vino a buscar a Elisa y se la llevó consigo y no fue a ella a quien buscó y a quien se llevó?

Todas estas cavilaciones e imaginaciones atormentaban tanto a Zoe, que le robaban el sueño y la traían desmejorada, ojerosa e inquieta. Su antigua alegría se había disipado. De agradablemente locuaz que era antes, se había vuelto taciturna. Y estaba de humor tan acre y vidrioso, que a menudo se enojaba contra su hermano, y en vez de consolarle por la pérdida de Elisa, le atormentaba echándole la culpa de aquella pérdida por la tibiez y flojedad de su cariño, cuyos lazos no habían sabido ni podido retener cautiva a la bella joven, dejando que otro amor más brioso los desatara o los rompiese.

En el supuesto de que el raptor de Elisa hubiese sido un ser benéfico, hermoso y superior a nosotros, Zoe padecía doble envidia: envidiaba al raptor porque gozaba de la presencia y del afecto de Elisa, y envidiaba también a Elisa, suponiendo que tenía un amante con todas las excelencias que ella había prestado en sus sueños más amorosos al personaje ideal amado de su alma.

En ocasiones, para atormentarse más y por mil distintas maneras, Zoe pensaba también que el raptor de Elisa, así como pudo ser el propio genio del amor, un semidiós o un dios que hallase en ella bienaventuranza y que en cambio se la diera a ella, pudo también haber sido un ser aborrecible, un monstruo, uno de esos seres extraños a la condición humana, no porque la superen, sino porque le son adversos, un cíclope, por ejemplo, un sátiro o un hipocentauro.

Sufría Dióscoro con más paciencia que Zoe la desaparición de Elisa. Apenas hablaba de ella con su hermana, y mirando su mal como irremediable, no encontraba otra cura que la del olvido, si el olvido era posible. Zoe, entretanto, aunque también creyese irremediable el mal, no renunciaba al empeño de hallar, si no su remedio, su explicación satisfactoria. Su curiosidad era cada vez más viva. ¿Quién había robado a Elisa y dónde se la había llevado? El misterio en que había quedado envuelto el rapto excitaba poderosamente su ansia de penetrarle.

Zoe acudió a todos los medios y recursos que ofrecía entonces Alejandría, donde florecían y fermentaban las sectas religiosas. Las doctrinas ocultas y las artes adivinatorias y mágicas, nacidas allí o traídas a aquella grande y floreciente ciudad desde los más remotos países. Para averiguar el paradero de Elisa, Zoe fue a consultar a una hechicera de Tasalia, que gozaba entonces de alta fama en Egipto, que veía a largas distancias y a través de espesísimos muros, que adivinaba los pensamientos ocultos de los hombres, que domaba culebras, que componía filtros, pociones y linimentos para infundir sueños, durante los cuales solían descubrirse casos recónditos. También fue a visitar Zoe, cuando se inclinaba a creer que había sido alguien venido del reino de los muertos quien había robado a Elisa, a hombres iniciados en antiguos misterios, que tenían fama y se jactaban de evocar los manes. Pero ni en la vigilia, ni en el sueño, ni por medio de otra persona, ni por ella misma sobreexcitada su sensibilidad por virtud de linimentos y pociones, desprendido su espíritu del más cercano y tangible mundo real, pudo hallar nunca indicio, huella o señal que le mostrase por dónde había ido Elisa, dónde residía entonces y en poder de quién se hallaba.

Sin duda era una combinación de fuerzas la que movía el alma de Zoe en busca de Elisa. En la combinación entraban la envidia, la curiosidad, el afecto vehementísimo que a aquella mujer había profesado, y ya el anhelo de volver a estar con ella, ya el prurito de igualarse con ella en aventuras, triunfos, conquistas y lances extraordinarios. Zoe recurrió a todos los medios para buscarla; en el antro misterioso de una vieja hechicera se hizo frotar con una unción mágica y voló o creyó volar al sitio en que los genios y las ninfas tienen juntas y celebran fiestas, y tejen danzas a la luz de la Luna en el seno de los bosques, en la encantada orilla de los lagos o en la alta cima de los montes que las nubes envuelven y coronan. Pero Zoe, ora fuese su peregrinación real, ora fuese soñada, no pudo encontrar a Elisa. Zoe siguió fantásticamente el errante curso de Io, hija de Inaco, atravesó la Escitia, vio los tesoros que defienden los grifos contra la insolente avidez de los arimaspes, y llegó a las regiones hiperbóreas y vio la bienandanza de los que viven allí amados de los dioses; pero no descubrió a Elisa.

Zoe estuvo también en Pancalla, en la isla sagrada donde embriaga dulcemente el aire impregnado de aromas; donde la mar que rodea a las islas es clara y luminosa como diamantes líquidos y dulce como miel hiblea; pero tampoco encontró a Elisa por allí.

Zoe se interrogaba a sí misma y no acertaba a contestar ¿qué era lo que más deseaba?, ¿hallar a Elisa o imitarla y ser como ella?

Pronto desesperó de hallar a Elisa desechando por imposible aquel extremo de su deseo, el otro extremo prevaleció y adquirió mayor fuerza.

Zoe no vaciló más. Su vanidad lo pedía y su ansia de amor lo pedía con mayor eficacia aún. Necesitaba amar como nunca había amado y necesitaba ser amada también con frenesí y por un ser que no desmereciese del ser enamorado de Elisa. Si su deseado amante no estaba más allá de la condición humana, ella quería al menos que estuviera en la cumbre de dicha condición, que fuese como la flor, como lo más elevado del humano linaje. Si Elisa había sido arrebatada por un personaje extraordinario que tenía apariencias de sobrenatural, era porque Elisa merecía indudablemente tan gran situación. ¿Cómo Zoe, que a los ojos y en la mente del Procónsul no valía menos que Elisa, no había de merecer también que la enamorasen y robasen?

Zoe logró que se enamorase de ella Epagato, el prefecto de Egipto. Era terrible personaje; ídolo de los soldados. En Roma se había puesto al frente del motín de las tropas que asesinaron a Ulpiano, prefecto de Roma, ministro favorito del Emperador, severo jurisconsulto y hombre de Estado, que había querido reformar el ejército y purificarle de sus vicios restaurando en él la antigua disciplina. Los soldados, dirigidos por Epagato, le habían muerto a estocadas al lado del Emperador mismo, quien en balde le cubrió con su púrpura para defenderle. La sangre de Ulpiano manchó las vestiduras del Emperador Alejandro Severo. No pudo el Emperador vengar la muerte de su amigo y la afrenta sacrílega que a su propia majestad habían hecho. Tuvo que recurrir al disimulo, y lo único que pudo hacer, al cabo de cierto tiempo, fue alejar a Epagato de Roma, nombrándole prefecto o gobernador de Egipto.

Epagato era un personaje que, como no pocos de aquellos y de otros tiempos de corrupción y de decadencia, tenía el más triste concepto de los seres humanos. Creía él que todos o eran débiles y tontos y para nada valían, o si valían para algo, eran corrompidos, tunantes y malvados. Él mismo se ponía, pues, en el dilema o bien de servirse de gente incapaz, o bien de recurrir, si para algo habían de servirle, a los más inmortales y perversos entre los hombres. Como Epagato había optado por el segundo extremo del dilema, resultaba que todo Egipto gemía bajo el poder tiránico de una caterva de bandidos, así en los empleos militares como en la justicia y en la administración de la provincia toda y de cada uno de sus municipios. Aquello era un saqueo, un robo y un vejamen perpetuo de todos los habitantes, pacíficos y honrados, pero indolentes y cobardes.

La mayor protesta que había contra todo ello era la de los hombres de la nueva secta judaica que se llamaban galileos o cristianos, muchos de los cuales, llenos de odio, desprecio y horror por la sociedad de entonces, huían de los grandes centros de población y se iban a vivir en los desiertos de la Tebaida.

Cuando un vaso está lleno una sola gota más que caiga en él hace que llegue a su colmo y que el líquido rebose y se derrame. Así sucedió en Egipto con el gobierno de Epagato. Hacía tiempo que los ediles de Alejandría, más que Ayuntamiento o Consejo municipal, eran una cueva de ladrones. El pueblo lo sufría con paciencia; pero ocurrió que el pósito o granero público, del que cuidaban dos ediles y donde había almacenada para acudir a la manutención del pueblo en épocas de carestía una gran cantidad de trigo, lentejas y otros granos, fue saqueado por dichos dos ediles que vendieron a ricos mercaderes de Caria, que habían venido a Alejandría con muchas naves, casi todo el trigo y casi todas las lentejas que tenían bajo su custodia. Se descubrió el robo; los ediles que no habían tomado parte en él, unos por honrada indignación y otros por envidia, se enfurecieron contra los delincuentes y los denunciaron. Estos, a su vez, denunciaron a los otros a fin de vengarse, resultando patente y demostrada la picardía de casi todos ellos. El pueblo perdió entonces el sufrimiento; se alborotó y clamó contra la corrupción.

Los mismos soldados, considerando que hubieran podido regalarse con las desaparecidas lentejas, empezaron a amotinarse. Y como Epagato protegía a los ediles, que eran hechura suya, Epagato perdió no poco del crédito y favor de que gozaba con los soldados y difícilmente pudo ya sostenerse como Prefecto de Egipto. Las nuevas de todo esto llegaron pronto a Roma; pero como el Emperador, elevado al poder por los soldados, aunque lleno de virtud y de buenas intenciones, no se atreviese aún a imponer a Epagato un severo castigo, no solo por las maldades recientes, sino también por la afrenta que le hizo, matando a Ulpiano bajo su misma púrpura, el Emperador se limitó, por el pronto, a dar a Epagato menos importante empleo, trasladándole de la prefectura de Egipto al gobierno de la isla de Creta. Silbado y despreciado se embarcó Epagato en Alejandría y zarpó para aquella isla, llevando consigo a Zoe.

Dióscoro se alegró de verse libre de la presencia de su hermana en la misma ciudad que él habitaba y de donde no quería salir, sino buscar en ella consuelo para el abandono en que Elisa le había dejado.

III

Abandonado Dióscoro de su querida y de su hermana, todavía, si le hubiera importado menos aquel abandono, hubiera tenido recursos para continuar su vida triunfante y alegre. Se hallaba en la plenitud de su vigor y de su lozanía; más fuerte que nunca, con bastante riqueza adquirida en el ejercicio de su arte, y ahorrada, por más que habían vivido con esplendidez, merced al orden y al tino con que había sabido gastar cuanto importaba a su deleite y regalo. Ni Elisa ni Zoe, al abandonarle, se habían llevado la más mínima parte de su hacienda. Bien se conocía que los raptores de la una y de la otra eran ricos y poderosos y no necesitaban más que las mujeres que habían robado, a las cuales podían adornar y se complacerían en adornar con galas más espléndidas que las que nunca habían llevado.

Pero toda su ambición artística se había disipado. El único deseo que le estimuló durante algún tiempo fue el de perseguir a Elisa y a su raptor para vengarse de éste y para arrebatarle de nuevo la muchacha, a quien, movido por el amor, perdonaba él la ingratitud y la fuga. La disculpaba, además, pensando que ella se había ido alucinada y creyendo que era un dios, genio, un ser sobrenatural el que la había robado.

Dióscoro era bastante escéptico para no dar inmediato y cumplido crédito a la condición sobrehumana de su rival, el nuevo amante de Elisa; pero, por más que cavilaba, no acertaba a explicarse de qué prestigio se había valido el incógnito amante para robar a Elisa sin dejar rastro ni huella, y para aparecerse a ella y enamorarla y fascinarla antes de haberla robado.

No consistía el escepticismo de Dióscoro en negar cosa alguna, sino en ponerlas todas en duda. Así es que en sus cavilaciones y conjeturas adoptaba y rechazaba alternativamente multitud de hipótesis para explicarse algo de lo ocurrido. También él creía probable que más allá del mundo conocido de los griegos y de los romanos pudiera haber otras regiones incógnitas donde viviesen seres semejantes al hombre, pero tal vez de más refinada cultura, de superiores facultades y poseyendo medios de acción para los hombres del mundo grecolatino completamente ocultos. Dióscoro había oído hablar del célebre Aristeo de Proconeso, y a veces recelaba que su dichoso rival era por el estilo de Aristeo, el cual había vivido hacía muchos siglos y había tenido la virtud de abandonar cuando le convenía su cuerpo material y sólido, y con una forma etérea en que iba envuelta su alma, volaba a su placer y se aparecía en los puntos más distantes con tal rapidez, que parecía casi ubicuo, esto es, mostrándose y asistiendo al mismo tiempo en varios y muy apartados lugares. ¿Sería el amante de Elisa un varón por el estilo de Aristeo? Así se explicaba Dióscoro las apariciones del ser intangible de que Elisa había hablado en su escrito. Lo que no se explicaba era el rapto. En el rapto no había intervenido sin duda la mera forma fantástica del amante, sino el amante mismo en su completo ser corporal y agentes y satélites suyos con medios materiales como aquellos que la generalidad de los hombres emplea. Estos medios, sin embargo, habían sido tan hábilmente empleados, que presuponían extraordinario poder o habilidad muy rara.

Dióscoro, durante más de un año, procuró tenazmente ver si averiguaba algo; pero todo fue inútil.

Como Zoe, o más aún que Zoe, consultó a los hechiceros, a los adivinos, a los astrólogos y a otras sabios. Nada puso en claro. Cada una de las personas a quien consultaba suponía cosas diversas para explicar los sucesos. El nuevo amante de Elisa ya era un genio, ya un dios o semidiós que se la había llevado a su alcázar misterioso, edificado sobre las nubes o en el centro de la tierra o en el seno de los mares. Ya era una criatura aérea de un pueblo o de una casta de gentes que no vive lejos, sino que vive entre nosotros, aunque la grosería y torpeza de nuestros sentidos no nos permite verlos ni oírlos, o ya, por último, era un príncipe, un sacerdote o un mago, venido de remotísimas regiones, acaso de la isla de los Meropes, acaso de otro reino dichoso en los últimos términos de la tierra, hacia donde se encorva la extremidad de su disco y llega a unirse con el cielo.

La ignorancia de todo, el misterio que envolvía el mundo más allá de los límites hasta donde las águilas romanas habían llegado en su vuelo, y más allá de los pueblos bárbaros que amenazaban el Imperio, y más allá de algunas regiones visitadas por el macedón Alejandro, en el día de la mayor expansión y difusión de la cultura y del poder helénicos, todo era oscuridad y tinieblas. Poco o nada se sabía de la India, de la remota Trapobana, y del país de los Seras, salvo las fantásticas relaciones de algunos atrevidos viajeros, y tal vez los exquisitos y raros productos y las mercancías espléndidas que de allí venían, no inmediatamente, sino por el ministerio e interposición de otros pueblos. Así exquisitos aromas, aves de rico plumaje, joyas resplandecientes, picantes y olorosas especierías y maravillosos tejidos, ante cuya ligereza delicada y ante cuyo brillo nada valía la cosa transparente, ni los más lindos paños teñidos con la púrpura de Tiro.

En suma, aunque la vanidad romana diese nombre de orbe a su Imperio, lo cierto era que más allá de ese orbe se prolongaba de un modo indefinido un mundo, acaso mejor, iluminado y fecundado por un Sol más benéfico y donde había o debía haber cosas mejores y hombres más dichosos que en el mundo conocido.

Si Elisa, sin dejar huella ni rastro, había sido arrebatada a alguna de las regiones incógnitas de ese otro mundo, Dióscoro debía de perder toda esperanza volver a verla.

Dióscoro se aquietó, pues, en su misma desesperación. Conoció que su mal no tenía remedio y buscó distracciones y consuelo. La rara agitación intelectual y la abundancia y el choque de opuestas doctrinas y creencias, ofrecían a su espíritu cierta distracción consoladora, daban pábulo a su curiosidad y brindaban a su corazón la esperanza de hallar algo que le satisficiese, reemplazando los perdidos amores de Elisa con más seguros y altos amores.

IV

(Iniciación de Dióscoro en los misterios de Isis y Osiris.)

V

(Noticias de los lances y aventuras en el seno de otras sectas. Comparación de Dióscoro con el famoso Peregrino.)

VI

(Entra por último Dióscoro en la comunidad cristiana. Estado de la Iglesia en Egipto. El obispo de Alejandría. Los monjes. El clero. Los anacoretas.)

VII

(Dióscoro neófito, catecúmeno, sacerdote.)

Lo que más entusiasmaba a Dióscoro en la religión cristiana era la perfecta igualdad en cuantos en ella entraban en el conocimiento de los misterios. En realidad, apenas había grados de iniciación; no había doctrina esotérica. Todos los fieles, desde el más humilde al más elevado, sabían lo mismo de los misterios. Cuando alguien penetraba en ellos más hondamente y los conocía mejor, no era por virtud de la congregación misma que le confiriese un grado superior de iniciación o noticias más profundas o más amplias. La verdad lucía igualmente para todos. Era como antorcha inextinguible, colocada en la cumbre del monte para que todos la viesen y para que a todos sirviera de guía. Cuando para alguien lucía la antorcha con más claridad, iluminando prodigiosamente las profundidades tenebrosas de su alma, no era por concesión humana, no era por privilegio otorgado por la congregación o dígase por lo más eminente y selecto de ella, que guardaba celosa la llave de ciertos misterios, sin prestársela para que los viesen y descubriesen más que a algunos fieles privilegiados. Nada había humanamente oculto para nadie. Y si alguien penetraba en lo oculto, se lo debía al vuelo más sostenido de su espíritu que se alzaba a más altas regiones, ya por su superior naturaleza, ya sostenido sobrenaturalmente por el favor divino y con el auxilio de la gracia.

Sin duda en muchos héroes y semidioses de las otras regiones reconocía Dióscoro la unión de ambas naturalezas, divina y humana, la encarnación de la deidad en un ser de nuestra especie. Esta deidad se encarnaba, no obstante, de un modo harto menos profundo y con una significación infinitamente más baja. El verdadero Dios, el Dios incógnito, si por dicha los gentiles le habían vagamente columbrado, era para ellos un ser inconcebible, incomprensible, remoto, a cuya esencia misteriosa no llegaba la mente de los mortales y cuyo amor no respondía a nuestro amor. Por bajo de ese ser inasequible, que, ya era el inexorable destino, ya el alma del mundo, ya una inteligencia impersonal y, por extraña condición, tal vez inconsciente, y por bajo del universo o de la total naturaleza; ya desenvolvimiento, ya emanación, ya forma visible de ese Ser Supremo que todo lo atrae permaneciendo quieto, y que todo lo mueve permaneciendo inmóvil, estaban también como producto suyo, como llamas o como chispas desprendidas de una grande hoguera y como apariciones diversas de una gran sustancia única, las divinidades todas de Egipto, Frigia, Grecia y Roma. Eran tal vez personificaciones de las fuerzas y ciegas energías que se desenvuelven en el mundo y crean la variedad de los seres, o eran las mismas pasiones, afectos y potencias que nos mueven, que nos llevan a la acción, tramando así el esplendente tejido de los sucesos y el variado contenido de la historia. Tal vez esos dioses habían sido hombres a quienes la admiración y la gratitud de sus semejantes habían deificado, en premio de sus invenciones, de conquistas civilizadoras o de otros beneficios que de ellos habían recibido. Dióscoro se explicaba en parte el origen de los dioses, siguiendo la doctrina de Evero. De todos modos, no ya solo los héroes y semidioses, como Hércules, por ejemplo, sino los mismos dioses superiores, como Osiris y como Júpiter, estaban por bajo y después de la total naturaleza, de la que habían procedido en el tiempo y por la cual aun podían con el tiempo ser dominados y vencidos. El Dios de los cristianos, por el contrario, era anterior y superior al universo todo, obra de su voluntad, de su inteligencia y de su palabra creadora. Y esta palabra misma que era Dios y que todo lo llena y que todo la crea, se había unido, en la plenitud de los tiempos, con un alma y con un cuerpo humano, glorificando así a todo nuestro linaje, uniéndose a él con amor y con sacrificio y elevándole por cima, no ya solo de la naturaleza visible, sino de todos los seres sobrenaturales creados, salvo Dios mismo.

Nacía de toda esta doctrina un concepto altísimo del hombre, hecho a imagen y semejanza de Dios, e infundiendo profundo respeto, no ya por la elevación de su inteligencia, por su alta posición, por sus hazañas y sus triunfos, por ser un gran guerrero, eminente político, docto filósofo o inspirado poeta o artista, sino meramente por ser hombre, sobreponiéndose así la dignidad humana, que es lo esencial, a todas las otras dignidades, adventicias, contingentes, debidas acaso a la casualidad, o a lo que nosotros, ignorantes de las leyes que marcan la sucesión de los casos, llamamos fortuna.

VIII

(Expedición militar de Alejandro Severo contra los persas. Misioneros cristianos que van en la expedición.)

El Eúfrates, límite del imperio de Roma y del reino de Persia, fue pasado por un ejército romano en la primavera del año 232 de la Era Cristiana.

El ejército romano se dividió en tres grandes expediciones: una que fue hacia el Norte para unirse con las tropas auxiliares de Cosroes, rey de Armenia, e invadir juntos el país de los medos; otra expedición fue hacia el Sur para invadir la Susiana y la Persia propiamente dicha; la tercera y más importante expedición fue mandada por el Emperador en persona y dirigida al centro mismo del territorio enemigo. El ala que fue al Norte penetró en Media devastó el país y alcanzó grandes victorias. El ala del Sur avanzó también denodada y valerosamente. Si el Emperador, con el centro del ejército, hubiera mostrado la misma actividad y hubiera tenido igual empuje, acaso Ctesifón hubiera caído en su poder y el nuevo reino de Persia hubiera desaparecido en su origen; pero el Emperador, lleno de timidez y harto indeciso, hizo poco o nada. Artajerjes, desatendiéndole y desdeñándole como menor enemigo, acudió a oponerse al ala del ejército romano que había penetrado por el Sur. Riñó contra ella una terrible y sangrienta batalla y la destrozó casi por completo. Asustado Alejandro Severo al saber aquella derrota, mandó que se retirase el ala del Norte que había conquistado la Media. En esta retirada, perseguida el ala del Norte por los medos y castigada por la dureza de la estación y del clima, volvió a Asiria, reducida a una pequeña y corta porción de hombres. El mismo Alejandro Severo, con el centro del ejército, aunque nunca llegó a pelear contra los persas, padeció mucho en la retirada.

El ala del Sur iba a atacar a Persépolis o Istakar, cuando fue vencida, aunque peleó valerosamente y causó a los persas pérdidas considerables.

El centro del ejército llegó a Antioquía decimado por las calenturas y sin haber visto al enemigo.

Para ambas partes beligerantes fue esta campaña un desengaño. El imperio de Roma conocía que era difícil hacer y mantener nuevas conquistas en el nuevo reino de los Sasánidas, y el rey fundador de la dinastía nueva conoció también el poder de Roma, que, hasta dirigida por un emperador débil, pudo invadir su territorio, conquistar mucha parte de él hacia el Norte, devastar provincias y amenazar sus grandes capitales.

El resultado de la campaña fue un tratado de paz marcando como límites de ambos Estados los que ya había entre los Arsasidas y Roma.

IX

(Éxito feliz de la expedición de Alejandro Severo. Cae Dióscoro en poder de los persas que perseguían a los cristianos.)

X

(Dióscoro está encerrado en una fortaleza de Ctesifón, a orillas del Tigris.)

XI

(Rápida narración del renacimiento del Imperio de los persas en tiempos de Artajerjes.)

XII

(El concilio de los magos. Restablecimiento de la religión de Zoroastro. Poción mágica del archimago N. Flamante redacción del Zend-Avesta.)

Sin duda todo procede del tiempo infinito y de la luz creada. La divinidad aparece o se muestra en el tiempo en dos personas: Ahura-Mazda, Dios o principio del bien; Anerro-Mainyus, Dios o principio del mal. A las órdenes y por bajo de cada uno de estos dioses supremos hay multitud de dioses inferiores o genios.

En los tiempos de Artajerjes, el primero de los sasánidas, a fin de reformar y de reorganizar la antigua religión de Zoroastro, convocó el rey a los magos a un concilio general, al cual acudieron más de cuarenta mil. Esta gran multitud fue, gradualmente y por elección voluntaria de los que la componían, reducida primero a cuatro mil, luego a cuatrocientos, luego a cuarenta y por último a siete. Entre estos siete archimagos descollaba uno muy joven aún, pero venerado y admirado de todos por su virtud, por su saber y por su inteligencia soberana. Este archimago se llamaba Arda-Viraf. Después de haber hecho purificantes abluciones y después de haberse sometido a severos ayunos, Arda-Viraf tomó una poción mágica de extraño y misterioso poder, y cubierto luego con una blanca tela de lino, cayó en un sueño profundo que duró siete días y siete noches. El rey y los señores principales velaron alternativamente aquel largo dormir. Cuando Arda-Viraf despertó expuso con lucidez y orden toda la doctrina metafísica y moral de Ahura-Mazda, la cual fue escrita y conservada a la posteridad por varios secretarios o amanuenses que iban escribiendo con cuidado y fidelidad cuanto Arda-Viraf dictaba.

Fundado el nuevo reino de Persia sobre la religión restaurada, el primer archimago, Arda-Viraf, tuvo un poder casi igual al del rey.

Todas las religiones que no eran la de Zoroastro fueron entonces perseguidas, y muy particularmente la de los judíos y la de los cristianos.

Ahura-Mazda, el dios del bien de los persas, estaba muy por bajo del dios de los cristianos y de les judíos. Un poder igual al suyo, el del dios del mal, se le contraponía en perpetua lucha; y por cima y antes de estos dos poderes enemigos estaban tres sustancias increadas: la luz, el espacio y el tiempo.

Artajerjes el Grande ha recibido de Ahura-Mazda el poder soberano y es su representante y el ejecutor de sus órdenes en la tierra.

(Aquí la pintura del poder sobrenatural y de las artes maravillosas del archimago Arda-Viraf, según la fama lo propalaba entonces entre el vulgo. Después del rey Artajerjes, era el personaje más temido, venerado y admirado desde las orillas del Eúfrates hasta mucho más hacia el oriente de Bactra y desde los montes de la Armenia y desde el Norte del mar Caspio y desde la helada Escitia, hasta más allá de Paropamiso, en las fértiles orillas del Indo en las costas del golfo de Ormuz, rico en perlas, y en las del ancho mar eritreo.

Arda-Viraf era a modo de un pontífice máximo, imperando en las extensas regiones del Asia central, aunque en parte interceptadas por estériles desiertos, en gran parte también populosas y ricas.)

XIII

(Estando Dióscoro encerrado en la fortaleza de Ctesifón, y no solo resignado, sino deseoso de padecer el martirio, recibe por muy misteriosa manera un escrito de Elisa, en que ésta le refiere sus aventuras desde que desapareció de Alejandría hasta entonces.)

No dependió de mi voluntad ni tuve yo el menor presentimiento de lo que iba a suceder. Zoe y tú estabais en el teatro; había ya anochecido y os esperaba para la cena. Sin duda el que proyectó el rapto había comprado la complicidad de los esclavos que nos servían, los cuales dieron en casa libre entrada a su gente. De pronto me vi rodeada de seis hombres decididos y cubiertos los rostros con antifaces. Se apoderaron de mí y me llevaron, a pesar de mi resistencia. Empecé a gritar, pero ataron un lienzo sobre mi boca e impidieron los gritos. Poco duró, sin embargo, aquella violencia. Uno de aquellos hombres, yo no acierto a explicarte con exactitud de qué medios se valió, sospecho que aplicó a mi nariz un pomo que contenía una poderosa sustancia narcótica, cuyos efluvios, aspirados por mí, bastaron a sumirme en largo y profundo sueño. Este sueño hubo de durar algunos días, impidiendo en mí toda sensación del mundo exterior y ocultándome la duración del tiempo y la sucesión de las cosas. Lo cierto es que, al volver a mi acuerdo y a tener plena conciencia de lo que en torno mío pasaba, me encontré a bordo de una nave que iba navegando por el mar, ya empujada por el viento que hinchaba sus velas, ya movida por más de treinta hábiles y forzudos remeros.

Las pocas gentes del barco que se acercaban y llegaban a mí, me trataban con tal consideración y respeto, que se diría que me consideraba como a una princesa o casi como a una reina. Las muestras de acatamiento que me prodigaban eran todas por signos. Ellos hablaban entre sí; pero yo no entendía una sola palabra de la extraña lengua que hablaban.

Había una mujer como de cincuenta años de edad, pero ágil y robusta, a la cual se conocía que estaba encomendado el cuidado de mi persona. Esta mujer entendía lo que yo hablaba y me traía y me daba lo que le pedía; pero, o ya porque no supiese expresarse corrientemente ni en griego ni en latín, o ya porque le hubiesen prohibido entablar conversación conmigo, se limitaba a contestar por monosílabos a todas mis preguntas.

Yo no sabía entre qué gente estaba, por qué mar iba navegando, ni hacía qué parte del mundo me dirigía. Duró muy poco, no obstante, esta ignorancia. Un personaje que no pensaba yo ver allí, vino a disiparla.

Cuando llegó la noche, en el primer día en que yo desperté de mi letargo, la vieja me dejó sola en la cámara de popa, apartada de todo y alumbrada por una lámpara. A poco se abrió la puerta, volviendo a cerrarse enseguida, dejando entrar a un ser humano, del que al principio solo el bulto y el movimiento distinguía yo. Acercose, sin embargo, a la mesa junto a la cual yo estaba y sobre la cual la lámpara ardía. Su luz bañó de lleno el rostro de aquella persona y me dejó ver la forma de su cuerpo y su blanca y rozagante vestidura. Extraordinario fue mi asombro. Me quedé estupefacta. Aquella misma visión aérea e intangible que tantas veces se me había aparecido, ora haciéndome creer que era como un ensueño, o que no era ser natural y meramente humano, sino algún genio o algún dios, estaba allí presente a mis ojos, con toda la solidez y consistencia de lo real y de lo material, conociendo yo que ya no necesitaban mis sentidos de ninguna sobreexcitación poderosa para percibirle, porque le hubiera visto todo el que no estuviera ciego.

En las anteriores apariciones yo no había creído oír materialmente su palabra, su voz, agitando el ambiente e hiriendo mi oído y pasando por él. Algo, que debía de ser como su palabra, había llegado hasta mí de un modo inexplicable, conmoviéndome y fascinándome. Ahora esta vez llegó a mi oído clara, distinta, penetrante, del modo natural y material que llega toda voz a una criatura humana que posee sus sentidos. La voz se dirigió a mí, hablándome en el idioma que mejor conozco, sin falta, pero con un acento extranjero que, en vez de perjudicarle, le prestaba gracia, majestad y un no sé qué de peregrino y de raro, que lo separaba de toda frase, de todo acento y de todo tono y manera de decir de cuantos el vulgo emplea. Su griego parecía un griego hablado con perfección por un pontífice o por un rey de alguna región luminosa de allá del Oriente.

—El cielo te guarde, Elisa —me dijo—. Te ruego que me perdones la violencia que he empleado contigo, valiéndome de mis fieles servidores. Un sentimiento delicado, que espero has de apreciar y comprender en mí, me ha movido a emplear dicha violencia. No he querido que pueda nunca remorderte la conciencia y acusarte de inconsecuente y de ingrata, como tal vez te acusaría si hubieses abandonado a Dióscoro por tu propia voluntad, con libre consentimiento y poniéndote de acuerdo conmigo. Ahora eres mía, o sea, estás en mi poder a pesar tuyo. Dióscoro no puede razonablemente formar contra ti la menor queja. Contra tu voluntad, sin que tú lo hayas sabido hasta ahora, te llevo lejos, muy lejos de él. Es casi seguro que no volverás a verle nunca; es como si Dióscoro hubiera muerto para ti o estuviera en otro mundo remoto e inasequible.

Yo creo haber ejercido sobre ti extraña fascinación, que es más y que es menos que el amor natural humano que deseo inspirarte. Por virtud de una ciencia inaudita, casi ignorada en el Occidente del mundo, la forma tenue y vaporosa en que se envuelve mi espíritu y que modela a su semejanza mi cuerpo, se ha desprendido de él y ha venido varias veces a verte. Cada vez me has parecido más hermosa y deseable. Yo me he enamorado de ti y por eso te robo.

No quiero engañarte; tú has creído que yo era un ser de otra especie superior a la humana. Por esto, en cierto modo, me rendías culto. No quiero engañarte; no quiero alucinarte más. Mi anhelo no quedaría satisfecho con que tú me quisieses por un engaño, me veneres como a un dios y no me ames como a un hombre. Hombre soy como Dióscoro; pero soy más noble que él, más inteligente, más glorioso, más fuerte y tal vez más bello, y aspiro a que me ames mucho más que a Dióscoro has amado.

No ya con la forma etérea y vaga con que te visité al principio, sino con todo mi ser terrestre he venido en tu busca desde la distante región en que habito y adonde te llevo.

Estás en mi poder. Eres mía; pero no te quiero avasallando y esclavizando tu voluntad, sino te quiero para que libremente me aceptes, me desees y fervorosamente me ames.

Impaciente estoy de lograr tu amor; pero no quiero lograrle por sorpresa, sino que tú me elijas, me llames y me declares tu dueño en toda la plenitud de tu acuerdo inteligente y de tu libre albedrío.

—¿Quién eres, señor? Dime tu nombre para que yo sepa como he de llamarte.

(Elisa ha sabido que Dióscoro está allí. Elisa es la querida del archimago. Ya está desengañada y harta de él. Le amó alucinada, creyéndole ser sobrehumano. Ya le aborrece porque ha hallado que es un hombre como los otros, aunque más sabio, más frío y más soberbio. A ella misma ni la ama ni la amó nunca de corazón; la tiene como se puede tener una pintura, una estatua, un vaso primoroso, para admirar su primor y su belleza; la posee y la custodia como mero instrumento de su deleite y regalo, sin poner en comunicación el espíritu de él con el espíritu de ella, y como si ella fuese, en su ausencia y en el centro de su alma, un ser de especie inferior, solo digno de aprecio y admiración por lo perfecto, simétrico y casi divino de la forma corpórea. Para el archimago, Elisa era una manifestación, una imagen visible y tangible que, por medio de los sentidos, penetraba en su espíritu, haciendo brotar allí el destello de la luz increada e iluminando con esta luz la maravillosa creación de un universo ideal, mil y mil veces más hermoso que el exterior universo. Elisa era útil para el archimago, pero esta utilidad no la lisonjeaba. En el amor del archimago había tan refinado egoísmo, que hacía aborrecible el archimago a los ojos de Elisa.

Elisa anuncia también a Dióscoro las gestiones y preparativos que hace para penetrar en la prisión en que está él, sacarle de allí, libertarle del martirio y huir en su compañía, saliendo de los dominios de Persia y volviendo a los de Roma.)

XIV

(Viene Elisa a la prisión. Todo está preparado para la fuga. Atracada a la orilla y cerca de la fortaleza, hay en el Tigris, aguardando a Elisa y a su amigo, una ligera embarcación con veinte ágiles y robustos remeros.

Coloquio entre Elisa y Dióscoro. Este, como sacerdote cristiano, se niega ya al renacido amor de Elisa. A pesar de esto, Elisa se resigna con la pura amistad de Dióscoro y le persuade a huir. Promete hacerse cristiana. Dice a Dióscoro que su martirio voluntario, teniendo medios de escapar, podría ser considerado como suicidio, que su vida era un don del cielo que él no podía desechar y arrojar de sí, que aun podía ser útil al linaje humano y a la nueva y sublime creencia, difundiendo y predicando el Evangelio en otras naciones más dispuestas a recibirle, y que ella, hecha cristiana, o le ayudaría en sus empresas, si él en esto no veía peligro, o haría vida penitente y retirada, refugiándose en Antioquía, en Alejandría o en la misma Roma, en el seno de una congregación de piadosas mujeres, que ella tal vez, separada de Dióscoro, volvería, después de tan largos años de ausencia, a su patria, España, donde el cristianismo hacía grandes progresos y donde ella, para bien de la religión y de la patria, arrostraría la persecución y la muerte.

Dióscoro se deja convencer, y huye con Elisa.)

XV

(Navegación por el Tigris.

Hermosa noche de primavera. La Luna riela en las ondas que parecen líquida plata. Un vientecillo fresco y suave riza el agua. El ambiente parece embalsamado por el aroma de las flores. Todo convida a amar.

Elisa y Dióscoro, bastante separados de los remeros, están de pie en la popa del barco. Elisa, que debía tener entonces veinticuatro años, está en toda la lozanía y plenitud de su hermosura. Dióscoro, a pesar del desaliño propio del monje cristiano y a pesar de las mortificaciones de una vida austera y penitente, parece más interesante que nunca con su palidez, que, iluminada por la Luna, da a su rostro un tinte ebúrneo, y con sus ojeras que hacen parecer más rasgados y brillantes sus ojos, cuyo resplandor místico derrama en torno una poesía divina. Elisa no quiere o no acierta a resistir tanto hechizo. Se olvida de las promesas que ha hecho, e impulsada por una fuerza invencible, dice a Dióscoro: «Te amo, te amo», y se arroja sobre él, abrazándole estrechamente y uniendo su boca a la de Dióscoro, en ardiente y prolongadísimo beso. Dióscoro se resiste con horror. Elisa ve en el aire la forma astral, el espectro del archimago que se burla de ella. El corazón de Dióscoro está combatido por encontrados sentimientos. La antigua pasión enciende de nuevo su alma y todos los sentidos. La nueva fe religiosa combate contra la pasión, y procura vencerla. En esta lucha, y abrazados aún estrechamente, Dióscoro y Elisa forcejean y vacilan, como ebrios. Al fin pierden pie y caen ambos abrazados, y besándose aún, en el fondo del río, por donde es más rápida la corriente.

El archimago, cuyo espíritu desprendido del cuerpo presencia toda la escena, se complace en la terrible venganza.)

Fin

Libros a la carta

A la carta es un servicio especializado para

empresas,

librerías,

bibliotecas,

editoriales

y centros de enseñanza;

y permite confeccionar libros que, por su formato y concepción, sirven a los propósitos más específicos de estas instituciones.

Las empresas nos encargan ediciones personalizadas para marketing editorial o para regalos institucionales. Y los interesados solicitan, a título personal, ediciones antiguas, o no disponibles en el mercado; y las acompañan con notas y comentarios críticos.

Las ediciones tienen como apoyo un libro de estilo con todo tipo de referencias sobre los criterios de tratamiento tipográfico aplicados a nuestros libros que puede ser consultado en Linkgua-ediciones.com.

Linkgua edita por encargo diferentes versiones de una misma obra con distintos tratamientos ortotipográficos (actualizaciones de carácter divulgativo de un clásico, o versiones estrictamente fieles a la edición original de referencia).

Este servicio de ediciones a la carta le permitirá, si usted se dedica a la enseñanza, tener una forma de hacer pública su interpretación de un texto y, sobre una versión digitalizada «base», usted podrá introducir interpretaciones del texto fuente. Es un tópico que los profesores denuncien en clase los desmanes de una edición, o vayan comentando errores de interpretación de un texto y esta es una solución útil a esa necesidad del mundo académico.

Asimismo publicamos de manera sistemática, en un mismo catálogo, tesis doctorales y actas de congresos académicos, que son distribuidas a través de nuestra Web.

El servicio de «libros a la carta» funciona de dos formas.

1. Tenemos un fondo de libros digitalizados que usted puede personalizar en tiradas de al menos cinco ejemplares. Estas personalizaciones pueden ser de todo tipo: añadir notas de clase para uso de un grupo de estudiantes,

introducir logos corporativos para uso con fines de marketing empresarial, etc. etc.

2. Buscamos libros descatalogados de otras editoriales y los reeditamos en tiradas cortas a petición de un cliente.

www.ingramcontent.com/pod-product-compliance
Lightning Source LLC
Chambersburg PA
CBHW021940170626
46807CB00007B/3201